Herstellung und Verlag:
Books on Demand GmbH, Norderstedt

**Bibliografische Information der Deutschen
Nationalbibliothek**
Die Deutsche Nationalbibliothek verzeichnet diese
Publikation in der Deutschen Nationalbibliografie;
detaillierte bibliografische Daten sind im Internet über
http://dnb.d-nb.de abrufbar.

ISBN 978-3837038224

Sylvia B.

der tiger
am gelben fluss

Texte und Illustrationen

Zu meiner zeit
damals dachte ich
dass sie es sei

waren die sprüche
des ollen mao
voll hipp

den
den ich am liebsten mochte
war der
von dem tiger
auf dem man nicht reiten sollte
weil es sonst sein konnte
dass man von ihm
gebissen wird

es müssen alle
fürchterlich gezittert haben
wenn ich den
abgelassen habe
aber so wollte ich sein

und was war ich
ein papiertiger

und jetzt kommst Du
die frau von der ich glaube
dass sie mich am besten kennt

und Du sagst
dass ich der mensch bin
der am gelben fluss sitzt
und wartet
bis seine leichen vorbei treiben

richtig
sie sind alle
über ihre eigenen fehler
gestolpert
ich musste wirklich

nur sitzen
und
warten

und ich spüre in mir
den tiger
am gelben fluss

es scheint dass

endlich

meine zeit
gekommen ist

*eigentlich
sollte ich
ganz andere
eltern haben*

aber

*mich hat
der klapperstorch
der zu meiner zeit
die kinder brachte
im flug verloren*

*und so fiel ich
rauschte durch den schornstein
und landete
kohlrabenschwarz
auf ruß und asche im keller
wo mein vater
durch das gepolter
aus dem schlaf gerissen
mich fand*

*meine mutter war
wie so oft
unterwegs*

*und er tat
das einzig richtige
setzte wasser auf
und versuchte mich zu waschen*

ich muss fürchterlich
geschrieen haben
deshalb bekam er auch
meine haare und die augen
nicht sauber

von meiner mutter
erhielt er dafür
später schelte

so erzählte er
und ich
hörte ihm gerne zu

er tat das immer dann
wenn irgendwelche leute
meine herkunft
in frage stellten
weil sie meinten
ich sei anders
und würde
so überhaupt nicht
hineinpassen

ich passe bis heute nicht
in irgendetwas hinein

mich hat eben
der klapperstorch
im flug
verloren

es gibt zeiten
da brauche ich mich
nicht anzustrengen
um den zorn
mancher menschen
auf mich zu ziehen

das geht dann
von ganz alleine
und vor allem
kann das
ganz schnell gehen

dann denke ich
dass es manchmal
wirklich schwer ist
sich ein bild
von mir
zu machen

vielleicht

ist ein grund
dass ich lebe
und ein bild
nicht

vielleicht

liegt es auch nur daran
dass sich
manchmal
die dinge
anders gestalten
als sie sich
diesen menschen
darstellen

oder

sind
vielleicht
manche menschen
einfach nur
oberflächlich

mein bestreben
sollte es
wirklich nicht sein
es jedem
verstrahlten aschloch
recht machen
zu wollen

(wie doch ein fehlendes „r" dem Stachel ein
wenig die Spitze nehmen kann…..hihi)

ich wünsche mir
dass dir schon bald
der alpenkönig
begegnet

um
den pakt
mit dir
zu schließen
und
mit dir
die rollen tauscht

damit Du

den menschenfeind
in dir
erkennst
so
zu unserem
verbündeten wirst

und Du
dir endlich
selbst
die frage stellst

bin
das
wirklich

ich

er ist das männlein
das schon in der schule
immer einen popel
an der backe hängen hatte
und bestimmt
hat ein mädchen
das so aussah
oder so lachte
oder so ging wie Du
ihm damals im sandkasten
ein butterbrot geklaut
und jetzt hat er sich
zu irgendeinem kleinen leiter
von was weiß ich
hochgebuckelt

zu hause hat sie das sagen
und er das schweigen

ich wette mit dir
der holt sich heimlich
auf dem klo einen runter
wenn Du gleich
sein büro verlassen hast

denn Du
willst was
von ihm
er braucht nicht unbedingt
wenn er nicht will
er könnte aber
wenn er wollte
und das gibt ihm macht

und in seiner verstrahlten phantasie
lässt er dich
auf allen vieren vor sich rutschen
und bitte bitte machen
und seine phantasie hebt seine potenz
lässt ihn endlich wieder
seinen besten freund erahnen

zieh ihn über den tisch
stopf ihm eine stulle ins maul
und dann sag ihm
dass er einen popel an der backe hat

*i*n all den jahren
hat er sich
ein dickes fell
zugelegt

irgendeine tante
hat ihn
aufgezogen
er war
das kind
einer anderen
gefallenen
verwandten

aber darüber
hat niemand
gesprochen

nicht ganz
niemand

in der schule
hänselten sie ihn
nannten ihn
findelkind
und dickerchen
und
dickes findelkind

zuerst
hat er
nur geweint

dann
geweint
und
geschlagen

dann
nur noch
geschlagen
und
heimlich
geweint

jetzt
ist er
erwachsen
hat frau und kinder
und
ein dickes fell

schlagen
kann er
immer noch

nur weinen
schon lange
nicht mehr

er war als kind schon eine linke wehe
spielte
wann immer man ihn ließ
ein falsches spiel
und wenn es kritisch wurde
lief er weg

zuhause wartete sie
die sich krankhaft mühte
den schein zu wahren
sie lief auch
zum schrank
wo die flasche stand

und den wohl vertrauten duft
des billigen fusels nahm er
ohne es zu merken auf
so roch die erste frau
in seinem leben

später merkte er dass sein mut
mit jedem schluck größer
merkte er
dass mit jedem schluck
die angst vor dem leben
vor den menschen
geringer wurde
was er nicht merkte
seine probleme
nahmen mit jedem schluck zu

aber da roch er bereits wie sie

und die frauen in seinem leben
kann er nicht lieben
er liebt nicht einmal
sich selbst

er braucht sie
er benutzt sie
er lässt sie fallen
sucht neu
wird nie fündig
rächt sich
verzweifelt
und säuft weiter
wie ein loch

äußerlich fast unversehrt
noch
aber mit verkrüppelter seele
mit verätzten innereien
säuft er sich
dem schwachsinn entgegen

und die einzige frau
die ihn noch riechen kann
die ihn immer wieder auffängt
ist die
nach der er riecht

übrigens
habe ich
die glotze abgeschafft
und meine
dass der tag
viel mehr stunden hat
als vorher

ich schaffe viel mehr
als früher
habe keine langeweile
und fühle mich
tatsächlich
besser

hoffentlich
verblöde ich
jetzt nicht

es wird frühling
die sonnenstrahlen
kitzeln meine nase
und diese alte geschichte
will mir
nicht mehr aus dem kopf

von dem mächtigen mann
der alles erreicht hat
und nun
auf der suche
nach der
vollkommenen frau ist

und sie auch findet

nur sie
ist auf der suche
nach dem
perfekten mann

und so
wurde nichts
aus den beiden

die sonnenstrahlen
kitzeln meine nase
und ich überlege
ich bin nicht perfekt
und nicht auf der suche
ich bin unvollkommen
und
auf der flucht

*ich mag mich nicht
an den menschen
erinnern*

*aber das gefühl
das ich hatte
möchte ich
wieder zurückholen*

ich möchte spüren

*den zauber
der über
der begegnung liegt
das kribbeln im bauch
das knistern der gedanken
die gänsehaut
bei jeder berührung*

*die wärme
die den körper
durchflutet*

*den blick
der das eis
zum schmelzen bringt*

*das schweben der seele
hin zum regenbogen*

und

ich möchte wieder
das bedürfnis haben
die zeit
anhalten
zu wollen

*d*ieser flüchtige moment
unserer begegnung
ich habe ihn so genossen

es war diese ruhe
die von dir ausging

mein zögern
war
die angst davor
dass es schön wird
dass die einsamkeit
umso stärker zurückkommt
wenn ich wieder alleine bin
dass ich dich dann
vermissen werde

und doch
ging ich mit

in diesem flüchtigen moment
unserer begegnung
hast Du meine seele berührt
auf eine wundervolle
art und weise

und ich spürte
was ich
viele jahre vermisst habe
schmerzlich vermisst

für diesen flüchtigen moment
war ich für dich
der mittelpunkt
des universums

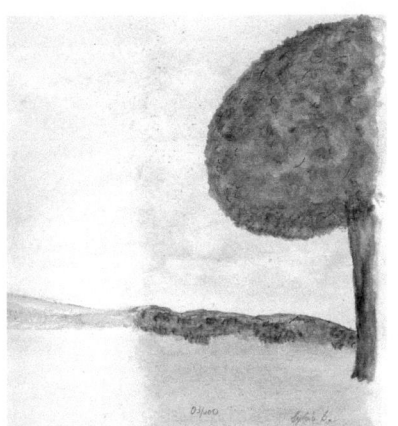

Du weißt gar nicht
wie gut
mir das tat

als wir so zusammen standen
und über
belanglose dinge sprachen
dachte ich bei mir
so müssen sich
die königskinder
gefühlt haben

die nicht zueinander
finden konnten

beide
standen am ufer
sahen sich traurig an
dazwischen
der tiefe fluss

Du bist auch
so weit entfernt von mir
und
zwischen uns
der fluss der belanglosen wörter

vielleicht

sollte ich

endlich

eine brücke
für uns bauen

*U*m mich
ist dein duft
umhüllt mich
wie ein gewand
aus morgentau

über mir
spüre ich
den regenbogen
und ich verliere mich
auf einer wolke
der glückseligkeit

in mir
der elfentanz
meiner seele

und Du
lächelst mich an

lass bitte
diesen moment
zur ewigkeit
werden

*Mir geht es gut
ich habe
auf den tischen getanzt*

und wie

*ich habe
die ganze nacht
durch getanzt
und wurde
nicht müde*

*ich tanze
am rand
des vulkans
und habe
keine angst
abzustürzen*

*ich stürze
nicht ab
denn wenn ich
etwas kann
dann ist es*

tanzen

*ich weiß nicht
wer Du bist
ich weiß nicht
wie Du heißt
aber ich sehe es dir an
wie Du
dein geld verdienst*

*Du sitzt neben mir
an der casino bar
und schaust ihm
schweigend zu*

*Du hast dich sicher gefreut
als er sagte
dass er dich ausführt
ich glaube
dass es eine zeit gab
in der Du
diesen mann
geliebt hast*

und er setzt das geld
des dicken ekels
der dich heute dafür
über deinen schatten
springen ließ
auf eine zahl

und er verliert

und Du auch

und ich sehe

dass Du schon lange
tot bist
bevor Du stirbst

es ist ein neues papier
das anklagt
das sagt
dass viele
zu viele
kinder
arm sind
in dieser republik
in der wohlstandsbäuche
die köpfe
stellen

wie ist das
wenn man
arm ist
und kind

und bilder
über die
der pförtner wacht
schleichen
durch die
kellertür

und ich sehe
meinen vater
weinend am tisch

und ich sehe
den topf mit haferschleim
am vortag

und am nächsten tag

und ich schicke
die bilder
in den keller
und ich
mahne
den pförtner
und ich spüre
den kloß
in meinem hals

und ihr
wohlstandsbäuche
könnt schönreden

euren pförtner
braucht ihr
nicht zu mahnen
deshalb könnt ihr
auch nicht wissen
wie es ist

kind
und
arm
zu sein

arme kinder
armes reiches land

*es waren
glaube ich
die azteken
die ihren gefangenen feinden
das herz
bei lebendigem leib
aus der brust rissen
und
es verspeisten
weil sie glaubten
dass dadurch
der mut
und die kraft
auf sie übergeht*

*es scheint
ein ritual zu sein
das sich
bis in die heutige zeit
fortgesetzt hat*

und

*da jetzt unblutig
beliebig wiederholbar ist*

wobei ich
immer zu spät
erkannte
dass ich
feind
bin
und
gefangen

was bleibt
ist dieser
entsetzliche schmerz

Und auf dem haupt der medusa
zwischen den schlangen
die sich windeten
saß
unbemerkt des trubels
eine zecke

sog sich voll
und war satt
von dem blut der furie
satt
von dem vergifteten blut
des ungeheuers

und bildete sich ein
selbst auch furchterregend zu sein

denn jedes mal
wenn sie sich
von ihrem tun ausruhte
und verdaute
kam ein jüngling daher
blickte erschreckt zu ihr hin
und wurde zu stein

das gab der zecke auftrieb

und in dem glauben
etwas besonderes zu sein
fraß sie sich langsam zu tode

und jetzt fragst Du
nach der moral
dieser geschichte

die gibt es nicht

oder fällt dir etwas dazu ein
außer
dass sie einen
schönen tod hatte

hört hört
das präsidium tagt
schaut schaut
die überschrift
frauen stark im kommen
und darunter das bild
männer
männer
die sich
über frauen unterhalten
die stark im kommen sind

und darunter
noch ein bild
wieder männer

stop
ganz links außen
eine frau
was will die denn da
hat sich bestimmt
verirrt

und ein mann sagt
die zukunft ist weiblich
grammatisch auf jeden fall
und alle lachen
steht da

und ich lese
und ich war nicht dabei
aber ich glaube
ich habe dort
nichts verpasst

ich stehe mit meiner rostlaube
an der ampel
neben mir
ein schicker mit sternchen
er mustert mich kurz
und blickt nach vorn
und ich denke an die alten zeiten
als ich im tollen schweden
an den ampeln stand
egal ob
stern oder bayer
es wurde geblinkt
es wurde gelächelt
es wurde geschäkert
einer hat sogar
die grünphase
verpasst

das kann mir heute
nicht mehr passieren
selbst die japaner
halten sich zurück

komisch
ich bilde mir ein
derselbe mensch zu sein
nur das blech um mich herum
ist anders geworden

haste was biste was

das macht mich aber
weder traurig
noch tief betroffen

nur ein wenig

nachdenklich

Wohl keine aussagen sind für mich
so negativ unterlegt
wie gerade diese

das tut man nicht
das gehört sich nicht

was ich alles nicht tun durfte
was sich alles nicht gehörte

und die worte
artig
anständig
sie wurden benutzt
wie geschosse
und trafen mich
und ließen mich
artig
anständig
pflegeleicht
sein
und waren verantwortlich
für die größten fehler
meines lebens

und neulich
sagte ich
tatsächlich
so etwas gehört sich nicht
nein
so etwas
tut man nicht

und ich wurde belächelt
und ich bekam zu hören
du bist viel zu anständig

aber weißt Du was

manche dinge
gehören sich
wirklich nicht
im umgang
miteinander

es war ein fürchterlich kalter winter
alle winter sind
fürchterlich
und
kalt

der atem ist mir gefroren
am fenster glitzerten eisblumen
auf mir lag schwer
das riesige oberbett
es drohte mich zu ersticken
aber es wärmte gut

und mein blick
fiel zu dem ofen
grün und hoch
und kalt
mein vater wollte mich nicht verzärteln
oder reichte die kohle nicht

ich erinnere mich
an das hohe oberbett
und meinen blick
auf den kalten ofen
und die eisblumen am fenster
und an das kalte klo

der einzige ofen
der beheizt wurde
stand in der stube

samstags wurde der boiler
im keller angeworfen
dann wurde gebadet

glaubst Du
ich erzähle dir
ein märchen

ich sprach gestern noch
mit jemanden
der sich auch noch
erinnern konnte

Wer kam darauf
wie hund und katze
wenn zwei
im dauerstreit
verharren

Du solltest sie sehen
meinen hund
und meine katze
friedlich schlafend
aneinander gekuschelt

sie fressen ein futter
aus einem napf
sie spielen zusammen
sie raufen sich

und ich kann sehen
wie sie sich mögen
sie sind gute freunde
die beiden

würden sich doch
auch die menschen
so gut verstehen
wie mein hund
und meine katze

da dachte ich
ich hätte freunde
freunde fürs leben
in guten zeiten

und

in schlechten zeiten
wurde mir klar
dass ich mir
einen hofstaat gehalten
habe

in schlechten zeiten
stehen dir
nur die guten freunde bei

Du hattest noch nicht
so schlechte zeiten
wie ich
ich weiß
wer mein freund ist
Du nicht

aber ich sehe
wie schlecht
es deiner seele geht
und Du
hältst weiter
hof

wie einsam
dich
dein hofstaat
macht

der rote faden
der sich durch mein leben
zieht
und
die rechnungen die ich
für andere zahlte
und nicht mehr
zahlen wollte
und will

ich sollte mir gedanken
über bedeutungen machen
bevor
ich sie verwende

rot die farbe der macht
der rote faden
eingearbeitet in die taue
der britischen flotte
der sie
als eigentum der krone ausweist
den zu entfernen nicht möglich ist
ohne
das gesamte werk zu zerstören

in wahlverwandtschaften
die tugenden
einer frau beschreibend
die sich
wie ein roter faden
durch ihr leben ziehen
und bei mir sollen es
die rechnungen für andere sein

ich denke
über meinen roten faden nach
komme zu der erkenntnis
das bei allem
was sich ereignet hat
kraft und
stärke
vonnöten war
um nicht den lebensmut
und den verstand
zu verlieren

sie hat
eine schwere zeit
und ich berichte ihr
von meinen gedanken
merkwürdig
sagt sie
heute morgen habe ich
einen dünnen
roten faden gefunden
und ihn entsorgt

es ist ein zeichen
ihn wieder hervorzuholen
und
auch wenn er nur
sehr dünn erscheint
sich daran festzuhalten

der eine lebte
in der vergangenheit

was er schon war
wo er schon war
was er schon hatte
was er schon
geleistet hat

der andere lebte
in der zukunft

was er bald macht
wo er bald ist
was er bald hat
was er noch leisten
wird

dann war einer

der lebte

im hier und jetzt
ganz intensiv

der war mir

ehrlich gesagt

noch der liebste

*ich erinnere mich
an den vollrausch meiner mutter
damals im urlaub am see
als wir zum kloster
hoch wanderten
das bier oben war selbstgebraut
war etwas besonderes
für sie
und es schmeckte ihr gut
in eine milchkanne
ließ sie sich noch etwas abfüllen
nahm es mit als proviant
für den langen rückweg*

*ich habe meine mutter
vorher nie betrunken erlebt*

*und sie sang auf dem weg
die alten lieder
von der fahne hoch
und den reihen
die fest geschlossen waren*

*später
fragte ich sie aus
und sie erzählte
von der jungmädchenschar
von dem lyzeum
das sie besucht hatte
und davon
das jetzt alles der pole hat
das haus
den betrieb*

alles
alles verloren
viel später erzählte sie
von der flucht mit dem kind
das gezeugt im heimaturlaub
später mein bruder wurde
und davon
dass sie in der dunkelheit
nicht weiter konnte
mit dem kind
sich an einen hügel legte
und einschlief
und am nächsten morgen sah
dass sie am rand eines massengrabes
lag

und viel später
sang sie im vollrausch
die alten lieder
und preiste den
der ihr die kindheit
die jugend
das heim nahm

und ich
habe es nicht verstanden

will es
bis heute
nicht verstehen

e r fährt einen dicken mit stern
und sonntags mit hut
besichtigt er mit den seinen
seinen grund und boden

so wie er sehen viele aus
eigentlich
sehen alle gleich aus
den stumpen halb erloschen im hals
die nase blaurot
der wacholder besorgt das seine

und die erben
sehen auch alle gleich aus
warten darauf
dass der patriarch den löffel ab
und den hof übergibt

und in der guten stube
liegen die perser
alt und satt
die truhen
eichen und schwer
alles erbteile
von seinem alten
besonders die perser
dabei
würde er nie
sein geld mit füßen treten

das hätte sein alter
auch nie getan

damals
in der zeit danach
wurde er eingetauscht
gegen einen schinken
und einen sack kartoffeln
und die frauen
die nichts hatten
außer ihren körper
gaben eben den
um die hungrigen mäuler
zuhause zu stopfen

was ist daran auszusetzen
wer wagt es den stab
über diese frauen zu brechen
das ist ein grund
seinen körper
zu verkaufen

über diese zeit
spricht man nicht
nur
wenn Du ihn siehst
den perser
da wo er eigentlich
nicht hingehört
denke
er ist nicht mehr
als einen schinken
und einen sack kartoffeln wert

*ich stehe im garten
setze die spaliere für meine rosen
der garten nimmt langsam
formen an
es ist ein wundervoller tag
ich spüre die sonne
auf meiner haut*

*feiertagsausflügler
sind unterwegs
es stört mich nicht*

*inne halte ich
als die musik erklingt
leise
aus der ferne
wie das rauschen des meeres
dann
rasend näher kommend
dröhnend wie die brandung
und sie ziehen
unweit von mir
vorbei
keine unter 900
satt der klang
gewaltig die stärke*

*die maschine umarmend
wie ihre geliebte
eins
verschmolzen mit ihr*

für einen kurzen moment nur
kann ich sie sehen
und denke
wie erotisch
ich sie doch finde

ein paar zahlen
auf einem stück papier
ein paar wörter dazwischen

und eines
dieser wörter
lautet

zuwendung

und daneben
zahlen

und ich spüre
wie das mein herz
erfreut

zuwendung

nicht nur mein herz

die menschen
um mich herum
halten auch
solch ein papier
in händen
und
lächeln
verklärt

der eine mehr
der andere weniger

und ich denke
wie gut es tut

ein bisschen
zuwendung

zu erfahren

*k*ann es sein
dass Du
rastlos
ziellos
suchst

kann es sein dass Du
gleich handelst
und doch
immer
ein anderes ergebnis erwartest

kann es sein dass Du
dir gerade diese partner wählst
von denen Du sicher weißt
dass Du dich nie
in sie verlieben kannst
kann es sein
dass es gerade das ist
wovor Du
am meisten
angst hast

weißt Du um
diese alte legende
von den beiden
die eins waren
und dann
auf weisung der götter
zerrissen wurden
und so
bis heute
einander suchen
um wieder eins
zu werden

kann es sein
dass es dein anderes ich ist
das Du so schmerzhaft
vermisst

Und jemand sagt mir
sie sei krank
sie soll schon länger
krank sein
wobei das
nichts neues
für mich ist

ich denke
dass ich sehr wohl
den grund
ihres leidens kenne

sie hat sich vergiftet
mit ihrem
eigenen gift

tief in ihr
wird schon
eine stimme sein
die ihr

leise

sagt

dass sie
glück
liebe
vertrauen
echte freundschaft
für geld
nicht kaufen kann

eine leise stimme
die sie
nicht hören kann
oder will

jemand sagt mir
sie sei krank

und ich denke
sie ist
einfach nur
böse

*Meine jüngste hat
den führerschein
und ich hatte einmal
ein eigenes auto*

*ich will mir
keine sorgen machen
was geschehen soll
wird auch geschehen*

*und doch
kann ich erst ruhig schlafen
wenn ich die tür
ins schloss
fallen höre*

*mein telefon
steht neben dem bett
schon lange
früher
war es das babyphon*

*sollte ich mich sorgen
sie ist
wie mein engel
eine erwachsene frau*

*wenn ich liebe
sorge ich mich
auch*

was geschehen soll
wird geschehen
was nicht geschehen soll
geschieht auch nicht

g eh doch wieder unters volk
du wirst sehen
du hast deinen spaß
also
raus aus meinem schneckenhaus
und rein in den märchenwald

und da aschenputtel
sich fein gemacht hat
kommen die märchengestalten
auch gleich an

nicht die prinzen
die haben ihre prinzessinnen
nein
erst kommen die wölfe im schafspelz
die erkenne ich am geruch
bin ich ein geislein
also
die hänschen im glück
sind natürlich zahlreich vertreten
wie immer auf der suche
nach der gans die goldene eier legt
bei aschenputtel ist nichts zu holen
das geht ganz schnell
dann bin ich auch die los

was bleibt sind die froschkönige
die sind hartnäckig
wittern eine chance
und quaken den rest des abends
um mich herum

halte mich für dumm
aber
ich mag nun mal
keine frösche küssen
und auf meinen schuh
passe ich
auch
gut auf

ſ ie hieß psyche
sie war
die geliebte
des eros

und eros
war der gott
der liebe

er soll am anfang
mit tartaros
dem chaos entstiegen sein
und tartaros soll
der tiefste teil
der unterwelt
das schattenreich sein
in das die frevler
gestoßen werden

welch unheilvolle allianz

und doch

wenn Du dem chaos
entstiegen bist
wenn hinter dir
die hölle liegt
und es hat dich

vielleicht
nicht eine falte gekostet
weiß deine seele
die momente der sinnlichkeit
ganz intensiv
zu leben

sie hieß psyche
und sie war
die geliebte des eros

es gibt
tatsächlich
dinge
die man für geld
nicht kaufen kann

und es gibt
tatsächlich
auch frauen
die mann
für geld nicht kaufen kann

und

manche seelen
von manchen
menschen
kann man auch
für geld
nicht kaufen

das alles brauche ich dir
nicht zu sagen
das sage ich dir
auch nicht
Du spürst aber
dass ich so denke
und
es macht dich
unsicher

aber es freut mich
dass es dir
materiell
gut geht

i ch sollte die löwin
in mir
herauskehren

der fisch
hat zu lange
gegründelt

neue strategien
müssen greifen

ich kann
wenn ich will

und

ich will

Pyrrhus
*   könig von epirus*
siegte
und
siegte

er war
ein großer krieger
so groß
dass man heute noch
von ihm spricht

es waren
nicht mehr viele
die seine siege
hätten feiern können
zu groß
waren die verluste
und denen
die übrig blieben
durfte die lust am feiern
vergangen sein

aber
er hat gesiegt
und er war
ein so großer krieger
dass man noch heute
von seinen siegen
spricht

Du sagst zu mir
ehrlich
wie Du bist

das glaubt dir
kein schwein
dass du das bist
die das schreibt

wie gut
dass ich nicht
für schweine
schreibe

sondern

für
menschen

Mein Dank gilt meinem Freund
Dr. Wolfgang Westphal
für seine Unterstützung.

Weitere Veröffentlichungen
als moderne Märchen für Erwachsene:

hexenhausgeflüster

ISBN 978-3837035780

briefe an lieschen

ISBN 978-3837038415

www.sylvia-b.de